ET E

DE

LA SEINE

A

LA MEVSE

Sur l'Estat present des Affaires.

Par le P. LE MOINE, de la Compagnie de JESUS.

A PARIS,

Chez CHARLES SAVREVX, Libraire & Re
lieur ordinaire du Chapitre de l'Eglise de Paris,
ruë neuue Nostre Dame aux trois Vertus.

M. DC. XLIX.

c riuile e du Ro.

LA SEINE

A

LA MEVSE

Sur l'Estat present des Affaires.

E la superbe Riue, où les Lys autrefois,
Descendirent du Ciel sur le Throsne
    François,
La Seine dans l'Europe en lauriers si
    fameuse,
Escrit sous un laurier, cette lettre à la Meuse.

Desia l'illustre Autheur des saisons & des ans,
Quinze fois a roulé par le cercle des Temps,
Depuis le jour fatal, que la fiere Bellonne,
Fut de tes oliuiers t'arracher la couronne;
Et que des oliuiers de tes bords arrachez,
Sur tes bords de carnage & de meurtre tachez,

A ij

Elle alluma ce feu, qui semble de la Flandre,
Ne deuoir te laisser que la place & la cendre.

Que n'as-tu point souffert de cet embrasement?
Quels rauages n'ont point comblé ton Element?
Il ne va dans la Mer que du sang de tes riues :
Toutes tes Nymphes sont prises ou fugitiues :
Et toy mesme en ton lit plein d'armes & de morts,
A peine en liberté peux-tu mouuoir ton corps.

Moins desolé que toy, fut jadis le Scamandre,
Quand de ses joncs bruslez, roulant la noire cendre,
Et tout rouge du sang de ses Troyens deffaits,
A Iunon courroucée il demanda la paix.
Et moins le fut encor le fameux Trasimene,
Lors qu'en son lit fumant se traisnant auec peine,
De Rome & des Romains abbatus sur ses bords,
Regorgeant il rendit le sang auec les corps.

Par tes pertes au moins connois ton impuissance,
N'affecte point le bruit d'vne vaine constance :
Et des Fleuues heureux à mon pouuoir sousmis,
Aprens que le repos n'est que pour mes amis.

L'Eridan m'a cedé l'ambre qui le couronne,
Et le droit de regner que son pays luy donne.
Aussy mon nom vainqueur sur ses bords entendu
A ses bords l'abondance & la gloire a rendu :

Et le Tybre où jadis tant de lauriers fleurirent ;
  ù tant d'Arcs de triomfe aux Vertus se bastirent ;
Dans le trouble commun, par moy seul en repos,
Conserue la bonace & l'honneur de ses flots.

  Ton puissant Allié, le Rhin ce noble fleuue,
T'est bien de mon pouuoir vne plus grande preuue.
Tant que par interest ou par ambition,
Il a de mes Riuaux porté la faction ;
Et contre les deuoirs d'vne vieille alliance,
Du Tage & de l'Ibere il a pris la deffence ;
S'est tousiours veu deffait, tousiours veu fugitif,
Et de Gustaue enfin grand & fameux captif,
Les bras liez au dos & la corne froissée,
Aux pieds des Gots vainqueurs la teste il a baissée.
Mais depuis qu'à mes loix plus sage il s'est rangé,
Mon heureux ascendant son malheur a changé :
Et Louys ce Heros dont la gloire est sans borne,
A rompu ses liens a rafermy sa corne :
Et de mes Estendars sur sa riue arborez,
Contre les vents du Nort ses flots a remparez.

  Suy ce grand Allié qui t'inuite à te rendre ;
Tu ne peux mieux que luy contre moy te défendre.
As-tu plus de fortune, as-tu plus de valeur,
Qu'vn Fleuue qui cent fois à la Mer a fait peur ;
Qui du Tybre heritier, sur sa teste hautaine,
Porte parmy ses jancs la couronne Romaine ?

Ce garde de tes bords, ce Belgique Lyon,
Qui retient ton Esprit dans la rebellion ;
De mes nobles Chasseurs, quelques effors qu'il fasse,
N'arrestera iamais les forces ny l'audace.
Combien de fois Gaston, combien de fois Louys,
A ses yeux estonnez & de peur esblouys,
Ont-ils porté le fer & le feu sur tes riues ?
Ont-ils Victorieux pris tes Nymphes captiues ?
Tandis que ce Terrible à la teste blessé,
Et iusqu'en sa taniere à coups de traits chassé,
Dans le sang qui couloit de sa large blessure,
Sembloit deuoir trouuer sa derniere auenture.

Il est vray que son cœur reuenu depuis peu,
Auoit dedans ses yeux remis vn nouueau feu.
Des rasoirs naturels luy remparoient la bouche ;
De son poil ondoyant la pompe estoit farouche ;
Ses ongles plus pointus & plus forts que deuant,
S'éprouuoient sur le sable & menaçoient le vent ;
Et de sa forte voix l'effroyable tonnerre,
Faisoit retentir l'air & tremousser la terre.
Le timide Berger à ce bruit succomba ;
Le rempart de Courtray de frayeur en tomba ;
Et l'effroy s'estant mis dans le cœur des Communes,
Le tumulte & le bruit en vint iusqu'à Bethunes.
Louys mon grand Chasseur qui sa voix entendit,
Plus brillant qu'vn esclair sur le champ se rendit.

Le combat fut terrible & ton Braue sauuage,
   us l'adresse ployant, ployant sous le courage,
De la perte qu'il fit en la plaine de Lens,
Laissa l'herbe fumante & les guerets sanglans.
De ses ongles rompus & de ses dents cassées,
Par le victorieux les pieces ramassées,
De sa juste valeur & de tes vains efforts,
Font aux yeux des passans l'histoire sur mes bords.

   Apres cette deffaite à quoy peux-tu pretendre?
Quelles armes pourront des miennes te défendre?
Peut-estre as-tu pensé par quelque nouueau sort,
Exciter la Reuolte, euoquer le Discord;
Et destourner sur moy ces Estoiles felonnes,
Dont l'ascendant abbat l'ascendāt des Couronnes.

   Leurs regards mal-faisans ont en cette saison,
Epandu par l'Europe vn estrange poison.
De ce poison fatal la Tamise infectée,
Du peuple qui la boit a l'audace excitée.
Ses hautains Leopards du mesme mal imbus,
L'vn sur l'autre acharnez ne se connoissent plus:
Par vne liberté de reuolte & sauuage,
Iusqu'à leur propre Maistre ils ont porté leur rage;
Et le tiennent luy mesme abbatu sous le fais,
Des liens & du joug dont ils se font deffais.
   Parthenope exposée à la mesme influence,
De l'Espagne a voulu secoüer la puissance.

Só Poulain quoy que maigre & de coups mal traite
Gourmette & cauesson bondissant s'est osté;
Et d'vn souffle commun la Discorde allumée,
Leuant vn estendart de flamme & de fumée,
A fait dans le pays vn rauage plus pront,
Que n'eust fait vn torrent debordé de ce Mont,
Qui de Naples voisin, sur Naples éperduë,
Vomit le souffre ardent & la pierre fonduë.

    Ces Astres de reuolte à Bisance portez,
De la Mer du Bosphore ont les flots excitez.
L'orage s'est de là répandu sur la Trace;
Le barbare Croissant en a changé de face;
Et du tragique sort de son Prince affligé,
D'vn nuage de deüil a ses cornes chargé.

    Il n'est pas iusqu'au Tage où la saison funeste,
De la rebellion n'ait fait passer la peste.
Les membres de ce Corps si vaste & si puissant,
Qui de la fin du jour s'estend au jour naissant,
Agitez en commun d'vn trouble populaire,
M'ont pensé deliurer de mon grand Aduersaire.
La Castille à ce bruit d'horreur a chancelé;
De ses superbes Tours les masses ont branslé;
Et ces Grands, éleuez pour estre ses colonnes
Ont par leur mouuemēt fait trembler ses Couronnes.
    Le turbulent Esprit qui gouuerne ces feux
Euoqué par tes sorts, excité par tes vœux

Desia

Desia pour m'apporter de semblables orages,
  es Astres mal-faisans poussoit vers mes riuages.
Mais le malin qu'il est en vain les a poussez,
Leurs rays deuant les yeux de ma Reyne effacez,
A sa honte ont perdu la fatale influence,
Qu'il auoit preparee au trouble de la France:
Et l'on a veu ces vents ennemis de ma paix,
Deffaits par la vertu par les Graces deffaits,
Baisser auec l'orgueil la teste deuant elles;
Traisner en murmurant leur languissantes aisles;
Et bien loin d'émouuoir l'orage sur mes eaux,
Faire à peine plier la pointe des roseaux.

La Discorde elle mesme à ton secours venuë,
Deuant Anne parut craintiue & retenuë;
Elle ne pût souffrir de ses yeux conquerans,
Les rays victorieux, les regards éclairans,
Les serpents de son front que ses regards toucherent,
Eblouys & tremblans contre elle se tournerent:
Et sa gorge fumante étreignant de leurs plis,
Moururent étoufez par la vertu des Lys.
Céte Terrible ainsi vaincuë & desarmée,
De ses flambeaux éteints emportant la fumée;
Malgré soy la bonace à mes riues laissa,
Et dans son noir sejour confuse s'enfonça.

Ne croy pas que de là iamais elle remonte,
Pour troubler mon repos pour reparer sa honte.

B

Ses serpents de mes lys redoutent trop l'odeur;
Des yeux d'Anne, ses yeux craignēt trop la splēdeu
Et les Graces qui sont du Conseil de ma Reyne,
Ont attachez ses bras d'vne trop forte chaisne.

Par ces Graces le fer de cét âge amolly,
Deuiendra moins pesant, deuiendra plus poly;
Et changeant de couleur en changeant de nature,
De l'or du premier Temps reprendra la teinture;
Sous elles à l'enuy les Lauriers germeront,
Qui d'vn cercle d'honneur mes Lys couronneront;
Et sous leurs belles mains pour enrichir mes riues,
Il renaistra bien-tost d'eternelles Oliues.

Desia ce noble Oyseau qui changeant de destin,
L'Empire transporta du Tybre sur le Rhein;
Céte Aigle si guerriere aujourd'huy desarmée,
S'est rangée à leurs pieds ou vaincuë ou charmée:
Et le rameau de paix de leur main receuant,
Auecque ce Rameau vers le Nort s'éleuant,
Colombe merueilleuse, & de nouueau presage,
De la paix à l'Empire a porté le message.
Que l'exemple de l'Aigle instruise ton Lyon;
Qu'vn fier suiue vne fiere à la soumission.
Ma Reyne a de la grace & du pouuoir de reste,
Pour luy faire vn lien glorieux ou funeste.
Et c'est l'arrest du Ciel, qu'apres tout, ce hautain,
Reçoiue vn joug de fleurs ou de fer de sa main.

Flechis ſous cet arreſt, Nymphe trop obſtinée,
'attends pas à plier que tu ſois ruinée :
Mets à profit la force & la neceſsité :
Et fais à ton deſtin joindre ta volonté.
C'eſt le meilleur conſeil, ſi tu daignes m'entendre,
Qu'on te puiſſe donner, & que tu puiſſes prendre.

F I N.